LEBARDIN

LE RETOUR DES COLONIES

COMÉDIE EN DEUX ACTES

SEPTIÈME ÉDITION

PARIS

RICON, SUCCESSEUR DE SARLIT

19, RUE DE TOURNON, 19

LE RETOUR DES COLONIES

COMÉDIE EN DEUX ACTES

DU MÊME AUTEUR

LES JEUNES CAPTIFS

Drame en 3 actes, *avec musique* des couplets. *Huitième édition*. . . . . 80 c.

L'EXPIATION

Comédie en 3 actes, *avec musique* des couplets. *Huitième édition* . . . . 80 c.

LE DÉPART POUR LA CALIFORNIE

Comédie en 3 actes, *avec musique* des couplets. *Septième édition* . . . . 80 c.

QUI TROP EMBRASSE MAL ÉTREINT

Pièce en 2 actes, *avec musique* des couplets. *Troisième édition*. . . . . 80 c.

LES TOURISTES

Comédie en 3 actes, *avec musique* des couplets. *Sixième édition* . . . . 80 c.

Beaugency. — Imp. J. Laffray.

LE RETOUR
DES COLONIES

COMÉDIE EN DEUX ACTES

PAR

LEBARDIN

SEPTIÈME ÉDITION

PARIS
J BRICON, SUCCESSEUR DE SARLIT
19, RUE DE TOURNON, 19

1898

PERSONNAGES

MONSIEUR JÉROME, colon.

WALTER, chevalier d'industrie.

LE BOURGMESTRE.

CARLIN, intendant de Monsieur Jérôme.

BRINDAVOINE, domestique.

UN COMMISSAIRE.

DEUX GENDARMES.

La scène est en Belgique, près de Bruxelles.

LE RETOUR DES COLONIES

COMÉDIE EN DEUX ACTES

ACTE PREMIER

(*Le théâtre représente le vestibule de la maison de Monsieur Jérôme.*)

SCÈNE PREMIÈRE

CARLIN, BRINDAVOINE.

(*Ils sont assis devant une table et jouent au loto.*)

BRINDAVOINE

Encore le numéro 13!... c'est une malédiction!

CARLIN

Qu'as-tu, mon petit Brindavoine?

BRINDAVOINE

J'ai, morbleu! que voilà quatre parties que je commence par ce maudit numéro, et que je les perds toutes les quatre!

CARLIN

Un peu de patience! Nous ne pouvons pas gagner tous les deux à la fois : aujourd'hui mon tour, demain le tien!

BRINDAVOINE

Tout cela est bel et bon; il n'en est pas moins vrai que j'ai l'âme tout sens dessus dessous... Quatre fois le nombre 13! Il nous arrivera malheur!

CARLIN

Tu veux rire!

BRINDAVOINE

Je n'en ai pas la moindre envie. Cette nuit j'ai

fait des rêves tout noirs. En me levant j'ai rencontré deux grosses araignées; et vous savez le proverbe : Araignée du matin...

CARLIN

Les araignées ne sont pas rares dans la maison de Monsieur Jérôme, ce sont elles qui se chargent des frais de la tapisserie!

BRINDAVOINE

Et pourquoi reste-t-il si longtemps en Amérique? Tant pis pour lui!

CARLIN

Tant mieux pour nous!... S'il était ici, nous serions domestiques; il est absent, nous sommes maîtres.

BRINDAVOINE

Cette pensée me réjouit l'âme... La joyeuse vie que nous menons!

CARLIN

Eh! qu'en dis-tu?

BRINDAVOINE

J'en suis extasié!... Lever à sept heures, déjeuner à huit heures, parties de loto, promenades à Bruxelles, bons dîners, bon appétit, bon sommeil ; rien ne manque à notre bonheur.

CARLIN

Une seule chose : Monsieur Jérôme devrait être moins exigeant et ne pas écrire tous les trois mois pour demander mes comptes !

BRINDAVOINE

Il paraît cependant qu'il y renonce ; voilà près de neuf mois qu'il n'a pas donné signe de vie !

CARLIN

Cela est vrai.

BRINDAVOINE

Il doit être vieux, ce bon Monsieur Jérôme ?

CARLIN

Pourquoi cette question ?

BRINDAVOINE

Eh ! qui sait ?... s'il avait fait le grand voyage ?

CARLIN

Ne l'espère pas ! Il est encore vert comme un

porreau. Et, d'ailleurs, les colons vivent au moins cent ans!

BRINDAVOINE

C'est ce que l'on dit.

CARLIN

Tu n'as jamais vu Monsieur Jérôme?

BRINDAVOINE

Jamais. Vous savez que je suis en Belgique depuis peu de temps.

CARLIN

C'est juste; et lui est parti depuis vingt-deux ans!

BRINDAVOINE

Il doit être bien riche?

CARLIN

Immensément!... Ne vois-tu pas comme cette pensée attendrit ses neveux?

BRINDAVOINE

J'ai cru m'en apercevoir... Reprenons-nous la partie?

CARLIN

Non, à demain! — As-tu lu le journal?

BRINDAVOINE

Un peu. Vous savez que le ministère est renversé?

CARLIN

Je l'avais prédit, mais ils n'ont pas voulu me croire. Tant pis pour eux; qu'ils s'arrangent, je m'en lave les mains!

BRINDAVOINE, *lisant un journal.*

Ah! voilà qui est drôle!

CARLIN

Quoi donc?

BRINDAVOINE, *lisant.*

« Charles Walter, arrivé depuis peu de la Havane, vient d'être condamné pour dettes, par le tribunal de Bruxelles, à seize mois de prison. » N'est-ce pas ce chevalier d'industrie dont vous a entretenu Monsieur Jérôme?...

CARLIN

Celui qui lui escroqua dix mille francs?

BRINDAVOINE

Oui.

CARLIN

C'est lui-même. J'ai encore la lettre de Monsieur Jérôme. (*Il sort une lettre de son portefeuille.*) « Mon fidèle Carlin... » Vois comme il me traite! « Mon fidèle Carlin, un fripon, nommé Charles Walter, est parti pour la Belgique après m'avoir escroqué dix mille francs; tâche de le faire coffrer au plus tôt... » Ah! je suis content qu'il soit à l'ombre! Nous lui apprendrons à duper les braves gens! (*Se levant.*) Je vais parler au bourgmestre.

BRINDAVOINE

Doucement!... (*Lisant.*) « La police est à la poursuite du coupable. Jusqu'à présent, toutes les recherches ont été infructueuses. »

CARLIN

Il n'est donc pas arrêté?

BRINDAVOINE

Il paraît!... Ah! Voilà qui est plus curieux encore...

CARLIN

Eh bien?

BRINDAVOINE, *se levant.*

Nous sommes perdus! Lisez...

CARLIN, *après avoir essayé de lire.*

J'ai oublié mes lunettes; lis toi-même.

BRINDAVOINE, *lisant.*

« Le trois-mâts *la Louisiane*, parti le 21 janvier (1), s'est brisé contre les écueils dans la nuit du 27 au 28 février, en vue d'Ostende. A bord de ce navire était notre compatriote, Monsieur Mathurin Jérôme, porteur, dit-on, de sommes considérables... »

CARLIN

Il s'est noyé?...

BRINDAVOINE, *lisant.*

« L'équipage et les passagers ont été sauvés. »

CARLIN

Nous voilà dans de beaux draps!... Mais tu t'es trompé ..

---

(1) On comprend que ces chiffres et autres semblables peuvent être changés à volonté.

BRINDAVOINE

Plût à Dieu!... Tenez, lisez vous-même...

CARLIN

Ah! maudite nouvelle! Il va tomber au milieu de nous comme une bombe... Comment trouvera-t-il ses comptes!

BRINDAVOINE

Comment trouvera-t-il sa cave!

CARLIN

Vingt-cinq mille francs de déficit!

BRINDAVOINE

Vingt-cinq caisses de bouteilles parfaitement vides!

CARLIN

Ses serres si mal cultivées!

BRINDAVOINE

La maison pleine de toiles d'araignées!

CARLIN

Si encore j'avais le temps de mettre un peu d'ordre dans ses affaires!

BRINDAVOINE

Si encore j'avais le temps de frotter un peu ses meubles!

CARLIN

J'entends du bruit à la grille... Un homme avec une valise... il a tout l'air d'un naufragé... C'est lui!

BRINDAVOINE

Mon rêve ne m'a point trompé : vous viendrez après me traiter de superstitieux!

SCÈNE II

LES MÊMES, WALTER.

WALTER, *entrant précipitamment.*

Je suis sauvé!... Mais...

CARLIN

C'est lui!

WALTER, *vivement.*

Qui vous l'a dit?

CARLIN

Eh! monsieur... la gazette.

WALTER, *à part.*

Je suis perdu!

CARLIN

Oui, nous avons appris votre départ, votre naufrage. Quelle peine nous a causée...

BRINDAVOINE, *à part.*

Votre retour.

WALTER, *à part.*

Mon naufrage...? Ils me prennent pour un autre. (*Haut.*) Me reconnaissez-vous?

CARLIN

Parbleu! si je vous reconnais!... Vous êtes Monsieur Jérôme, maître de ce domaine; je suis Carlin, votre intendant fidèle, et voici Brindavoine, mon collègue.

WALTER, *à part.*

Monsieur Jérôme?... cela ne commence pas mal! Sachons jouer notre rôle! (*Haut.*) Ah! mes chers amis, que je suis heureux de vous revoir!

CARLIN

Après vingt-deux ans d'absence !

WALTER

Vingt-deux ans !

CARLIN

Oui, monsieur, bien comptés... Ah ! je ne puis exprimer la joie que je ressens...

BRINDAVOINE, *à part.*

Ce serait fort difficile.

CARLIN

Mais, monsieur, parlez-nous un peu de la Havane, de votre traversée, de votre naufrage ! (*Il lui présente un siège.*)

WALTER

Non, mes amis, ce serait trop pénible ; une autre fois. Vous le voyez, la fatigue m'accable... (*Il s'assied.*) Ah !... Comment va la parenté ?

CARLIN

A merveille... Pendant votre séjour de vingt-deux ans en Amérique, vous avez perdu en tout quatre oncles, deux tantes et quatorze cousins.

WALTER

Peste!

BRINDAVOINE

Mais, en revanche, il vous en est né beaucoup d'autres, et des neveux surtout!

WALTER

Ah! cette nouvelle rafraîchit mon âme!... Comment vont mes frères?

CARLIN

Monsieur, vous n'avez pas de frères...

WALTER

Je veux dire... mes sœurs.

CARLIN

Assez bien... Comme votre arrivée va les surprendre!

WALTER

Et mes oncles?

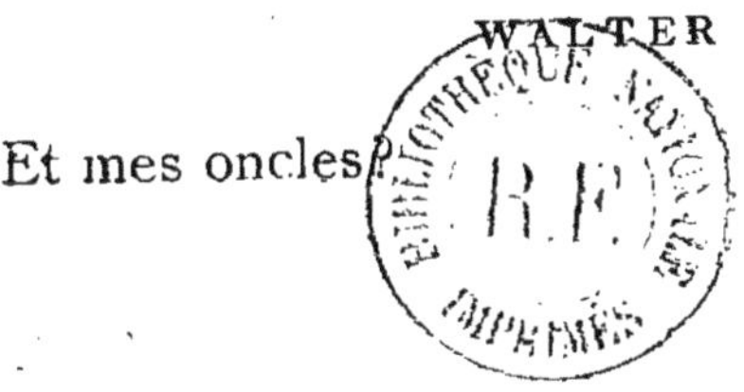

CARLIN

Ils sont tous morts. Vous n'avéz plus que des tantes.

WALTER, *feignant de pleurer.*

Chers oncles!

CARLIN

Monsieur, vos larmes ne les ressusciteront pas. Songeons plutôt à célébrer votre retour; nous allons tuer le veau gras et inviter toute la famille.

WALTER

Gardez-vous en bien! Il faut tenir les choses secrètes. J'apporte de l'Amérique des sommes considérables...

CARLIN ET BRINDAVOINE, *ensemble.*

Ah! Monsieur...

WALTER

Et il est bon que les neveux en soient instruits le plus tard possible! Allez me préparer des habits et un bon déjeuner! (*Carlin et Brindavoine sortent.*)

SCÈNE III

WALTER.

Est-ce un rêve...? Moi, Charles Walter, condamné ce matin par le tribunal de Bruxelles à seize mois de prison, je passe ici pour le maître d'un des plus beaux domaines de la Belgique! Moi qui ne cherchais qu'à éviter les griffes du bourgmestre, qui, après avoir sauté vingt palissades, me suis jeté dans ce vestibule, je suis salué du nom de Monsieur Jérôme : on me parle de colonies, d'oncles, de neveux, de naufrages!... Monsieur Jérôme...? ne serait-ce pas ce planteur si riche et si avare, à qui j'ai déjà soufflé dix mille francs? Je serais charmé de lui jouer encore un tour de mon métier... On vient... (*Avec attendrissement.*) A tous les cœurs bien nés que la patrie est chère!... O Belgique, ô mon pays, sur le sol américain combien de fois j'ai soupiré après toi!

SCÈNE IV

WALTER, CARLIN, BRINDAVOINE.

CARLIN, *à part, entrant.*

Il paraît que son retour lui cause plus de plaisir qu'à nous! (*Haut.*) Monsieur Jérôme, tout est prêt dans le salon...

WALTER

C'est bien... Enchanté de vous retrouver toujours fidèles.

(*Il sort.*)

SCÈNE V

CARLIN, BRINDAVOINE.

BRINDAVOINE

Ah! bien oui! nous sommes frais! Depuis cette maudite arrivée, je suis tout ébouriffé!

CARLIN

C'est triste, Brindavoine, de redevenir domestiques!

BRINDAVOINE

Ainsi il faudra se lever à quatre heures! plus de promenades à Bruxelles! plus moyen d'inviter personne à boire le vin de monsieur!

CARLIN

C'est un malheur. Mais que veux-tu! il est riche, et il nous récompensera.

BRINDAVOINE

Oui, attendez-vous-y, ces colons sont durs comme des rochers!

CARLIN

N'as-tu pas vu comme il pleurait à la nouvelle de la mort de ses oncles?

BRINDAVOINE

C'était de joie!... Je vous disais bien qu'il nous arriverait malheur. Araignée du matin...

CARLIN

Laisse là tes balivernes. Il s'agit de reprendre la brosse et le balai.

BRINDAVOINE

Êtes-vous bien certain que ce soit là Monsieur Jérôme?

CARLIN

Parbleu! et qui donc?

BRINDAVOINE

C'est qu'il n'avait pas l'air bien joyeux en revoyant son logis.

CARLIN

Tu crois?... Il regrette peut-être l'Amérique.

BRINDAVOINE

Il pouvait donc bien y rester et y mourir de la fièvre jaune!

CARLIN

On ouvre la porte de la grille... Tiens! des gendarmes conduits par le bourgmestre... Que veulent-ils?

SCÈNE VI

LES MÊMES, LE BOURGMESTRE, DEUX GENDARMES.

LE BOURGMESTRE, *indiquant Carlin.*

Qu'on saisisse cet homme!

CARLIN, *suppliant.*

Monsieur le bourgmestre!

LE BOURGMESTRE

Allons, tout de suite!

CARLIN

Messieurs les gendarmes!

LE BOURGMESTRE

C'est vous que je cherche depuis longtemps. Tout à l'heure on vous a vu entrer dans cette maison. Oui, parbleu! c'est bien vous qui avez été condamné par le tribunal!

CARLIN

Messieurs, je vous jure que je n'ai jamais rien eu à démêler avec les tribunaux!

LE BOURGMESTRE

Ne jurez pas, j'ai votre signalement.

CARLIN

Messieurs, je veux être pendu...

LE BOURGMESTRE

Vous le serez!

CARLIN

Si aujourd'hui j'ai mis les pieds dans un tribunal!

LE BOURGMESTRE

On sait que vous n'avez pas comparu; aussi vous a-t-on condamné par contumace.

CARLIN, *effrayé.*

Contumace!... Dieu! qu'est-ce que cela?

LE BOURGMESTRE, *avec importance.*

Contumace vient du mot latin *contumacia*... C'est quelque chose... là... qui fait... qu'on est contumace!

CARLIN

Brindavoine, je suis perdu!

LE BOURGMESTRE, *lisant le signalement.*

Front pointu...

CARLIN

Monsieur le bourgmestre!

LE BOURGMESTRE

Menton carré...

CARLIN

Monsieur le bourgmestre!

LE BOURGMESTRE

Bouche oblique...

CARLIN

Monsieur le bourgmestre!

LE BOURGMESTRE

Nez immense...

CARLIN

Monsieur le bourgmestre!

LE BOURGMESTRE

Il ne faut pas en douter, je tiens mon homme; aujourd'hui je gagne cinquante écus!

CARLIN, *se dégageant des mains des gendarmes.*

Vous pourriez bien gagner cinquante coups de bâton! Est-ce que vous croyez vous gausser impunément d'un honnête homme?... Corbleu! monsieur le bourgmestre, délogez au plus vite, ou je vais vous *signaler* comme il faut!

LE BOURGMESTRE

La force publique offensée! voilà une violation flagrante de l'article 175 du code!

CARLIN

Je vous dis que vous êtes un sot, et que si vous ne partez à l'instant, je vais vous casser la tête!

A moi, Brindavoine!

(*Ils prennent chacun une chaise, les gendarmes s'arrêtent, le bourgmestre se place prudemment derrière eux.*)

LE BOURGMESTRE

Oh! oh! Gendarmes, assurez-vous de ces deux

gaillards, et conduisez-les sur-le-champ en prison. Ils pourront réciter à loisir les vingt-quatre lettres de l'alphabet, et leur colère passera!

SCÈNE VII

LES MÊMES, WALTER, *en robe de chambre.*

WALTER

Que signifie ce tapage?...

LE BOURGMESTRE

Monsieur, je suis votre serviteur.

WALTER

Monsieur, je vous baise les mains... Mais pourquoi tout cet appareil militaire? Voyez-vous, monsieur le bourgmestre, je ne suis pas accoutumé à voir la police envahir ma maison.

LE BOURGMESTRE

Votre maison!

WALTER

Oui, celle que m'a léguée feu Monsieur Jérôme, mon père.

LE BOURGMESTRE

Quoi! vous seriez le fils de ce bon Monsieur Jérôme?...

WALTER

Certainement.

LE BOURGMESTRE

Vous êtes Monsieur Mathurin Jérôme, parti depuis plus de vingt ans pour les grandes Indes?... Et depuis quand l'arrivée?...

WALTER

Depuis une demi-heure au plus.

LE BOURGMESTRE

Mais vous vous êtes, dit-on, noyé en arrivant en Belgique?

WALTER

Je vous certifie le contraire... Du reste, Monsieur, je vous remercie d'avoir conservé mon souvenir.

LE BOURGMESTRE

Mon Dieu! je ne vous ai jamais vu, que je crois, mais j'ai dîné si souvent avec feu Nicolas Jérôme, votre père!... Digne homme! devant Dieu soit son âme!...

WALTER

Monsieur, je vous prie de conserver au fils l'affection que vous aviez pour le père. Je vous retiens à dîner pour ce soir.

LE BOURGMESTRE

A dîner!... Oui, vous êtes le digne rejeton de la famille de Jérôme. Je me reproche de ne vous avoir pas reconnu tout d'abord, mais maintenant je vous distinguerais entre mille : car, voyez-vous, je me connais en physionomies!

WALTER

Je ne vous en veux pas... Pourquoi reteniez-vous cet homme prisonnier?

LE BOURGMESTRE

Il a été condamné à seize mois de prison... C'est

un fripon nommé Walter, dont vous feriez bien de vous défier.

WALTER

Monsieur le bourgmestre, vous êtes dans l'erreur. Ce Walter, je l'ai connu aux colonies, et tout à l'heure, en entrant dans ma maison, je l'ai vu qui fuyait à toutes jambes sur la route de Bruxelles.

LE BOURGMESTRE

Ce n'est pas possible!

WALTER

C'est la vérité même... Un homme d'environ quarante ans, cheveux gris, pardessus brun... Il a même perdu son chapeau en sautant une palissade.

LE BOURGMESTRE

Parbleu! c'est cela, j'ai son signalement... Mais quel est donc ce coquin?

CARLIN

Eh! je vous le corne aux oreilles depuis plus d'une heure; je suis Carlin, l'intendant de Monsieur Jérôme.

LE BOURGMESTRE

Ah! c'est différent!... Monsieur Jérôme, je vous

remercie de vos bons avis; je vais arrêter le coupable, et à quatre heures je reviendrai dîner... (*A ses gens.*) A droite, alignement... par le flanc droit, gauche, en avant, marche! (*Il sort à la tête des gendarmes.*)

CARLIN, *à part.*

Bon voyage!... Puissiez-vous vous casser les dents en descendant le perron!...

SCÈNE VIII

WALTER, CARLIN, BRINDAVOINE.

WALTER

Ton vœu n'est guère charitable, Carlin!

CARLIN

Je ne sais... mais venir ici me prendre pour un gueux, pour un misérable, pour un Walter enfin...

WALTER

Tu le connais donc, ce Walter?

CARLIN

Les journaux en ont bien assez parlé. Demandez à Brindavoine.

BRINDAVOINE

C'est un escroc qui, après avoir fait des siennes à la Havane, a été forcé de repasser en Belgique; et, si je ne me trompe, il a eu le talent de vous souffler dix mille francs.

WALTER

L'auriez-vous vu, par hasard?

CARLIN

Jamais.

BRINDAVOINE

Puissions-nous le voir pendu!

WALTER, *à part.*

Merci. (*Haut.*) J'attends le bourgmestre pour quatre heures. Il doit avoir bon appétit; passez à la cuisine, et préparez un dîner royal.

(*Carlin et Brindavoine sortent.*)

SCÈNE IX

WALTER.

Décidément, je viens de l'échapper belle... mais plus nous allons, plus la situation se complique... Que faire? quitter cette maison?... Mais où aller?... je n'ai pas un sou... Et la police?... Ah! cette pensée me glace le sang! Si j'étais roi, j'abolirais bien vite ces maudits tribunaux!... Il faut rester... Mais, encore une fois, que devenir?... Mes membres sont brisés par la fatigue... si je pouvais dormir!... (*Il se jette dans un fauteuil.*) J'entends du bruit, on vient... Un homme avec une valise... Je crois reconnaître ce visage; cachons-nous. (*Il sort.*)

SCÈNE X

JÉROME, *traînant une valise.*

Dieu soit loué! nous y voici... Quelle maudite traversée!... Ah! si jamais plus je quitte le plancher des vaches!... Mais tout est oublié, et les périls du voyage, et l'eau salée que j'ai bu en abondance!... O toit paternel, quel plaisir de te revoir!... Quelle surprise je vais causer à tout mon monde! Ils sont bien loin de m'attendre, car j'ai eu la précaution de leur cacher mon arrivée. Il me semble que tous vont accourir au-devant de moi; mes petits-neveux se suspendront aux basques de mon habit, le chien fidèle viendra me caresser de sa queue... Mais, diantre! personne ne vient... Est-ce qu'on dort encore? Il est pourtant onze heures. (*Appelant*). Holà! quelqu'un!

SCÈNE XI

JÉROME, BRINDAVOINE.

BRINDAVOINE, *sur la porte.*

Eh donc! qui va là?... Brave homme, continuez votre chemin, et laissez les gens en repos.

JÉRÔME, *à part.*

Voyez l'impertinent! (*Haut.*) Mais, monsieur le laquais, savez-vous qui je suis?

BRINDAVOINE

Non, ni ne veux le savoir.

JÉRÔME, *à part.*

Voilà une réception à laquelle j'étais loin de m'attendre!

BRINDAVOINE

Que faites-vous donc là, immobile comme l'as de pique? Faut-il vous montrer la porte?

JÉRÔME, *à part.*

Le climat des colonies m'a bruni peut-être... il ne me reconnaît pas.

BRINDAVOINE

Enfin, en un mot comme en cent, d'où venez-vous? Où allez-vous? Qui êtes-vous? Que voulez-vous?

JÉRÔME, *exaspéré.*

J'arrive d'Amérique, je viens dans ma maison, je suis Jérôme, ton maître, et je veux t'étriller comme il faut!

BRINDAVOINE

Vous, Jérôme!

JÉRÔME

Oui, moi, Jérôme.

BRINDAVOINE

Ah! bien oui! Monsieur Jérôme est déjà rentré. Vous vous y prenez trop tard, brave homme!

JÉRÔME, *à part.*

Monsieur Jérôme est déjà rentré!... Serais-je donc venu sans m'en apercevoir?...

BRINDAVOINE

Cette nouvelle ne vous plaît guère, à ce que je vois. Vous espériez trouver des gens plus faciles à flouer; car vous m'avez tout l'air d'un filou de premier ordre!

JÉRÔME

Ah, çà! maroufle, est-ce que tu prétends te jouer de moi? Ouvre cette porte, ou je te casse la tête...

BRINDAVOINE.

Je vous conseille de l'essayer, morbleu!

JÉRÔME

Ouvre cette porte, te dis-je!

BRINDAVOINE

Je n'ouvre pas, monsieur l'a défendu.

JÉRÔME

Et quel monsieur ?

BRINDAVOINE

Monsieur notre maître.

JÉRÔME

Attends, attends! je vais te le faire voir, ton maître... (*Il lève sa canne, Brindavoine la saisit, lui en donne quelques coups et se sauve en refermant la porte... Jérôme essaie en vain de l'ouvrir.*)

SCÈNE XII

JÉROME, *seul.*

Me voilà tout abasourdi... Mais je ne me trompe pas, c'est bien ici ma maison : voici le vestibule, voilà le perron, voilà la grille avec ses deux pavillons... Je ne dors pas, je ne rêve pas, c'est bien moi qui suis Jérôme... c'est bien moi qui, pour mon malheur, ai quitté l'Amérique, et qui, en arrivant en Belgique, ai bu plus de trois pintes d'eau salée!... Hum!... voici ma casaque, ma canne, ma valise!... Et ils viennent me dire qu'un autre Jérôme est déjà dans la maison!... Ah! pendard! je vais chercher le bourgmestre, et, s'il ne peut réussir à vous faire déloger, je mettrai le feu à la maison, et je vous ferai griller comme des écrevisses!

(*Il sort en courant, avec des gestes de menace.*)

FIN DU PREMIER ACTE

ACTE DEUXIÈME

(*Le théâtre représente une salle de la maison de Monsieur Jérôme.*)

SCÈNE PREMIÈRE

CARLIN, *devant une table couverte de papiers.*

Qui de 1 paie 5, ne peut... J'emprunte un point qui me vaut 10... Qui de 11 paie 5, reste 6... Qui de 5 paie 5, quitte... Ah! voici donc, en raccourci, l'état de nos affaires : recettes, 25.000 fr.; dépenses, 50.000 fr.; différence, 25 000 fr... Nouveau moyen de faire fortune!... Mais que va dire Monsieur Jérôme, lui qui est plus juif que Mahomet? Il voudra savoir ce que sont devenus les 25.000 francs, et que répondre? Si je lui disais qu'ils sont placés sur les chemins de fer, les bateaux à vapeur, les compagnies d'assurances?... Sottise! il faudrait des preuves! Je le vois, ma position est décidée : il n'a qu'à donner mes comptes au bourgmestre, et me voilà à l'ombre... Ah! maudit retour!

SCÈNE II

CARLIN, BRINDAVOINE.

BRINDAVOINE

Vous êtes tout bourru, maître Carlin?

CARLIN

J'en deviendrai fou. Vingt-cinq mille francs de déficit!...

BRINDAVOINE

Les cartes se brouillent... Mais savez-vous l'histoire de tout à l'heure?

CARLIN

Pas encore.

BRINDAVOINE

Un individu, plutôt arabe que chrétien, s'est introduit dans le vestibule. Il faisait un bruit épouvantable, croyant se faire passer pour Monsieur Jérôme.

CARLIN

Le connais-tu ?

BRINDAVOINE

Non ; il avait un costume tout à fait étrange et l'air singulièrement rébarbatif.

CARLIN

Comment l'as-tu reçu ?

BRINDAVOINE

Le mieux possible... à coups de bâton.

CARLIN

Tu as eu tort... Avait-il bien l'air d'un naufragé ?

BRINDAVOINE

Oh! pour ça, oui, d'après nature; je le tiens à demi noyé.

CARLIN

Qu'est-il devenu?

BRINDAVOINE

Je n'en sais rien. Il a parlé de bourgmestre, de prison, d'écrevisses, et il est parti en nous vouant amicalement à tous les diables!

CARLIN, *à part.*

Voilà qui est drôle!... Tout à l'heure nous n'avions que trop d'un Jérôme, et maintenant nous sommes menacés d'en avoir deux!

BRINDAVOINE, *à part.*

Que marmotte-t-il donc entre ses dents? (*Haut.*) Maître Carlin?...

CARLIN

Brindavoine!

BRINDAVOINE

Confiez-moi donc un peu vos secrets ?

CARLIN

Tu avais raison ce matin : il nous arrivera malheur !

BRINDAVOINE

Je vous le prédisais bien... les araignées n'ont jamais menti !

CARLIN

Un naufragé s'est présenté, il y a deux heures, sous le nom de Jérôme ?

BRINDAVOINE

Oui, maître Carlin.

CARLIN

Tu l'as reçu à coups de bâton ?

BRINDAVOINE

Il peut s'en flatter.

CARLIN

Malheureux!... Et si c'est là le Jérôme véritable?

BRINDAVOINE

Je ne vous comprends pas. Serait-ce son ombre qui nous a visités, ce matin, et qui a déjeuné de si bon appétit?

CARLIN

Nous sommes floués, mon petit Brindavoine!

BRINDAVOINE

Ah! morbleu! je voudrais bien le voir!

CARLIN

Pas si fort!..... Cet aventurier que nous avons reçu ce matin...

BRINDAVOINE

Eh bien?

CARLIN

N'est pas Monsieur Jérôme. Monsieur Jérôme a le nez plus long.

BRINDAVOINE

Peut-être l'air des colonies...

CARLIN

Ah! bah! l'air des colonies ne raccourcit pas les nez... Et puis, son ton mielleux n'est pas du tout celui de Monsieur Jérôme. Il ne m'a pas encore demandé mes comptes; il ne s'est pas informé de ses terres, de ses bestiaux; il ne t'a donné aucun coup de bâton, et, certes, Monsieur Jérôme l'aurait fait.

BRINDAVOINE

Je puis fort bien me passer de ce dernier signe!

CARLIN

Monsieur Jérôme est l'être le plus acariâtre...

BRINDAVOINE

Dans ce cas, il peut rester à la porte... Vive le Jérôme bon enfant!

CARLIN

Ne crie donc pas si fort!

BRINDAVOINE

Êtes-vous bien sûr de ce que vous dites là ?

CARLIN

Certainement..... c'est-à-dire, non, pas tout à fait, pas du tout même... Je l'ai pourtant bien examiné... mais après vingt-deux ans d'absence...

BRINDAVOINE

Alors, que faire ?

CARLIN

Eh ! parbleu ! ce qu'on fait en politique... ménager l'un et l'autre, et se ranger du parti du plus fort...

SCÈNE III

LES MÊMES, WALTER.

WALTER

Ah ! maître Carlin, je vous cherchais. Que signifient tous ces papiers ?

CARLIN

Monsieur, ce sont mes comptes que j'ajuste le plus proprement possible.

BRINDAVOINE, *à Carlin.*

Est-ce lui?

CARLIN, *à Brindavoine.*

Peut-être.

WALTER

Voyons. (*Il prend ses comptes.*) « Actif, passif. » — Ceci montre un intendant intègre.

CARLIN, *à part.*

Ce n'est pas lui.

WALTER, *lisant.*

« Recettes, 25.000 francs. » Admirable!

CARLIN, *à part.*

Oh! ce n'est pas lui!

WALTER, *lisant.*

« Dépenses, 50.000 francs... » Vingt-cinq mille francs de déficit!

CARLIN

Oui, monsieur..., plus vingt-cinq centimes.

WALTER, *en colère.*

Misérable! c'est donc ainsi que vous avez trompé ma confiance?...

CARLIN, *à part.*

Je crois que c'est lui.

WALTER

Vingt-cinq mille francs!... Mais parle, que sont-ils devenus?

CARLIN

Hélas! monsieur, qui le sait?

WALTER

Vous, maître fripon!

CARLIN

C'est bien lui.

WALTER

Vous murmurez, je crois! (*Il lui donne un soufflet.*)

CARLIN, *à part.*

Plus de doute, c'est lui.

WALTER

Tas de coquins! je vous retire ma confiance. Qu'on m'apporte à l'instant tout l'argent qui se trouve chez moi!

BRINDAVOINE

Ce sera facile.

CARLIN

Monsieur, je vous jure qu'il n'y a plus un sou.

WALTER

Plus un sou?... J'arrive après vingt-deux ans d'absence, et je trouve vint-cinq mille francs de perte... Sortez à l'instant, ou je vous assomme!

BRINDAVOINE, *bas à Carlin, en se sauvant.*

Est-ce lui?

CARLIN, *à Brindavoine.*

Oh! oui, c'est bien lui! (*Ils sortent.*)

SCÈNE IV

WALTER.

Décidément, ma journée est perdue. Je croyais arracher quelque chose à cet intendant, mais où il n'y a rien le roi perd ses droits... Resterai-je plus longtemps dans cette bicoque? A quoi bon?... D'ailleurs, le bourgmestre va venir, suivi peut-être de mon ami Jérôme... Il faudra entrer en explication... Bah! allons chercher fortune ailleurs... Mais voici mon convive qui arrive la bouche enfarinée.

SCÈNE V

WALTER, LE BOURGMESTRE.

LE BOURGMESTRE

Monsieur Mathurin, me voici à vos ordres.

WALTER

Je vous remercie de votre exactitude... Il n'est pas encore quatre heures, ce me semble.

LE BOURGMESTRE

Cela est vrai ; mais quand j'ai en tête une affaire importante, j'aime à m'y prendre assez tôt.

WALTER, *à part.*

L'habitude est louable. (*Haut.*) Il y a longtemps, monsieur le bourgmestre, que nous n'avons dîné ensemble.

LE BOURGMESTRE

C'est, je crois, la première fois ; aussi rien n'égale la joie que je ressens.

WALTER

Avez-vous trouvé ce coquin de Walter ?

LE BOURGMESTRE

Non ; mais il a pris, m'avez-vous dit, le chemin de Bruxelles.

WALTER

Oui ; il avait l'air fort pressé.

LE BOURGMESTRE

C'est là que je l'attends. J'ai écrit à un de mes confrères, et il sera bien fin s'il échappe. C'est que, voyez-vous, la police y voit clair !

WALTER

Et si on le prenait, que lui ferait-on ?

LE BOURGMESTRE

On le mettrait en prison pour lui faire payer ses dettes.

WALTER

Le moyen est singulier ; car dans les prisons de Belgique on n'a pas l'habitude de battre monnaie... On dit que ce Walter est un rusé coquin.

LE BOURGMESTRE

C'est un démon ! Il échappe à toutes mes recherches. J'ai pourtant là son signalement... Voulez-vous que je le lise ? (*Il le tire de sa poche.*)

WALTER

Ce n'est pas nécessaire... (*A part.*) Je ne le connais que trop! (*Haut.*) Veuillez passer dans le salon, j'ai quelques ordres à donner; dans un instant j'irai vous rejoindre.

SCÈNE VI

WALTER.

Or ça, ne jouons plus avec la fortune; les chemins sont libres : partons!... (*Se tournant vers le côté où est sorti le bourgmestre.*) Monsieur le bourgmestre, au revoir!... (*Monsieur Jérôme paraît sur la porte.*) Encore un contretemps!

SCÈNE VII

JÉROME, WALTER.

JÉRÔME

Voilà une belle campagne!... Le bourgmestre est sorti, et qui sait où il s'est fourré? (*Apercevant Walter.*) Je crois reconnaître ce personnage.

WALTER, *à part.*

Monsieur Jérôme!... Il doit être étonné de me trouver ici. (*Haut.*) Monsieur, n'auriez-vous pas, par hasard, nom Jérôme?

JÉRÔME

Monsieur, n'auriez-vous pas, par hasard, nom Walter?

WALTER, *saluant.*

Pour vous servir.

JÉRÔME

Et mes dix mille francs, coquin?

WALTER

Il est bien temps de les réclamer! Ils sont plus que prescrits, ils sont dépensés.

JÉRÔME

Et tu viens encore faire le maître chez moi?

WALTER

Chez vous, monsieur! Apprenez que cette maison m'appartient!

JÉRÔME

Et de quel droit?

WALTER

Je n'ai pas besoin de vous montrer mes titres. Sachez seulement que je puis vous faire sortir d'ici, par la porte ou par la fenêtre.

JÉRÔME, *à part.*

Il s'est passé des choses étranges en mon absence!

WALTER

Vous êtes chez moi, monsieur, et si vous tenez à conserver vos épaules en bon état...

JÉRÔME, *à part.*

Il faut le prendre par la douceur. (*Haut.*) Monsieur Walter, de grâce, rendez-moi ma maison?

WALTER

Non, non, c'est mon patrimoine.

JÉRÔME

L'auriez-vous achetée?

WALTER

Que vous importe?

JÉRÔME

Vous seriez-vous entendu avec mon intendant pour...

WALTER

J'ignore si vous en avez un : Tout ce que je puis vous dire, c'est que ce domaine est à moi...

c'est mon bien, mon héritage; et, dans votre intérêt, je vous conseille de déloger au plus tôt.

JÉRÔME, *à part.*

Ce domaine est à lui! .. mais c'est un mensonge, une atrocité!... Je le tiens de feu Nicolas Jérôme, mon père, qui le paya en bons et beaux deniers comptants!... Essayons un dernier moyen... (*Haut.*) Monsieur Walter, vous êtes un honnête homme, faisons un arrangement : Je vous abandonne les dix mille francs que je vous ai prêtés, mais que tout soit fini.

WALTER

Dix mille francs une propriété semblable! Je ne la donnerais pas pour cinquante mille!

JÉRÔME

Comment! fripon, tu oses m'assassiner de la sorte!... Le bourgmestre va venir et il se chargera de ton logement.

WALTER

Il est plus près que vous ne pensez. (*Ouvrant une porte.*) Monsieur le bourgmestre!

(*Le bourgmestre paraît.*)

SCÈNE VIII

LES MÊMES, LE BOURGMESTRE.

JÉRÔME

Vous arrivez à propos, monsieur.

WALTER

Oui, fort à propos... Voici l'homme que vous cherchez.

LE BOURGMESTRE

Ah! enfin!... Je vous arrête prisonnier.

JÉRÔME

Moi, prisonnier!...

LE BOURGMESTRE, *lisant le signalement.*

« Front pointu... menton carré... bouche oblique... nez immense... » C'est cela, il n'y a pas à s'y tromper. Je vous revois donc, Monsieur Walter !

JÉRÔME

Walter !... mais ce n'est pas là mon nom... c'est ce scélérat qui s'appelle ainsi.

WALTER

N'insultez pas les gens, monsieur ; on vous connaît... Monsieur le bourgmestre, faites votre devoir.

LE BOURGMESTRE

Oui, oui, je vais le faire. Je n'ai qu'un regret, c'est de n'avoir pas conduit mes gens avec moi ; mais ils se rafraîchissent au cabaret voisin. Répondez-moi de cet homme ; dans cinq minutes nous serons ici.

(Il sort en courant).

SCÈNE IX

JÉROME, WALTER.

WALTER

Vous le voyez, vous êtes en mon pouvoir; je n'ai qu'à laisser faire, la prison vous attend.

JÉRÔME

Ah! maudit soit le jour où je suis revenu d'Amérique!

WALTER

Tous ces discours n'aboutissent à rien. Il me faut de l'argent.

JÉRÔME

Eh! je t'ai déjà donné dix mille francs!

WALTER

Donnez-en encore dix mille, et je vous laisse maître du terrain.

JÉRÔME

Tu veux donc m'arracher l'âme ?...

WALTER

Non, je n'en veux qu'à votre bourse.

JÉRÔME

Eh ! c'est la même chose !

WALTER, *d'un ton hypocrite.*

La nécessité m'y oblige, monsieur ; je dois cette somme, et pour éviter la prison il faut que je la paie... Dix mille francs, monsieur Jérôme, ne sont rien pour vous, et ils peuvent faire mon bonheur. Trop longtemps j'ai vécu dans la licence, je veux enfin me convertir.

JÉRÔME

Vous allez faire un bel ermite !

WALTER

Ne plaisantez pas, monsieur Jérôme; il est temps pour moi de rentrer dans le chemin de l'honneur.

JÉRÔME, *à part.*

Oui, parbleu ! il s'en va à temps.

WALTER

Je dois cinq mille francs à un juif de Bruxelles; si je réussis à les payer, je passerai en France, où je vivrai honorablement de mes économies.

JÉRÔME

Voilà qui devient pathétique; mais les dix mille francs sont de trop dans votre discours.

WALTER

Réfléchissez-y, monsieur Jérôme. Vous ne voulez pas consentir à l'arrangement que je vous propose ? Le bourgmestre va venir, il mettra la main sur vous, et ce soir vous coucherez en prison; puis il faudra comparaître devant les tribunaux, passer par les griffes des juges, avocats, conseillers, procureurs. Il faudra courir le jour, veiller la nuit...

Toutes ces peines, et mille autres encore, valent-elles dix mille francs ?... Et la honte de traverser Bruxelles, escorté par des gendarmes ? et les critiques du peuple, qui, en vous montrant au doigt, dira : Voilà monsieur Jérôme !... Certes, je ne suis pas trop exigeant !

JÉRÔME

Il faut en finir. Mais au moins soyez raisonnable ; tenez, cinq mille francs.

WALTER

Non, non. Voici le bourgmestre ; décidez-vous, ou vous êtes perdu.

JÉRÔME

Ah ! maudit soit le jour...

WALTER

Encore une fois, décidez-vous.

JÉRÔME

Tiens, les voici (*Il lui donne plusieurs billets.*)

WALTER

Monsieur Jérôme, au revoir !

(*Il va pour sortir.*)

4.

SCÈNE X

LES MÊMES, UN COMMISSAIRE.

LE COMMISSAIRE

Arrêtez, monsieur Walter. J'ai un mot à vous dire.

WALTER

Qui êtes-vous, monsieur? (*A part.*) Diable! c'est le commissaire; les cartes se brouillent.

LE COMMISSAIRE

Nous sommes de vieilles connaisances; préparez-vous à me suivre.

WALTER

Moi?

LE COMMISSAIRE

Oui, vous! J'ai tout entendu, et je connais le

nouveau tour que vous venez de jouer à cet honnête homme. Monsieur Jérôme, soyez sans inquiétude; vos dix mille francs vous seront rendus.

JÉRÔME

Ah! coquin! ah! scélérat! tu seras donc enfin puni de tes crimes!.. Oui, tu seras pendu!

SCÈNE XI

LES MÊMES, LE BOURGMESTRE, GENDARMES.

LE BOURGMESTRE, *indiquant Jérôme.*

Gendarmes, empoignez-moi cet homme!

LE COMMISSAIRE

Doucement, monsieur le bourgmestre; voici Charles Walter.

LE BOURGMESTRE

Ah! c'est vous, monsieur le commissaire. Mais vous vous trompez.

LE COMMISSAIRE

Non, non ; je connais mon homme depuis longtemps, et je suis heureux de le tenir.

LE BOURGMESTRE

Je suis tout stupéfait. Mais pourtant le signalement...

LE COMMISSAIRE

Vous n'en avez plus besoin.

LE BOURGMESTRE

Où donc est monsieur Jérôme qui m'a invité à dîner ?

LE COMMISSAIRE

Le voici.

LE BOURGMESTRE

Mais, comment allons-nous faire ?

LE COMMISSAIRE

Le faux Jérôme vous a invité, le vrai Jérôme tiendra.

LE BOURGMESTRE

Ah !

LE COMMISSAIRE

Gendarmes, attachez cet homme un peu solidement, et partons. Au revoir Messieurs.

(*Les gendarmes entraînent Walter qui se débat. Le commissaire les suit.*)

SCÈNE XII

JÉROME, LE BOURGMESTRE.

JÉRÔME

Vous ne suivez pas vos gendarmes, monsieur le bourgmestre ?

LE BOURGMESTRE

Monsieur, dans l'impatience où je suis de vous rendre mes devoirs...

JÉRÔME, *à part.*

Et de partager mon dîner.

LE BOURGMESTRE

Je crois devoir déroger un peu à mes habitudes. — Monsieur Jérôme, souffrez que je vous embrasse !

JÉRÔME

Vous me faites beaucoup d'honneur !

LE BOURGMESTRE

Que de vœux nous avons formés pour votre prospérité et votre prompt retour !

JÉRÔME

Je le crois ; tout à l'heure vous m'avez fait un gracieux accueil !

LE BOURGMESTRE

Ah ! c'est que je n'avais pas l'honneur de vous reconnaître... et puis ces signalements se ressemblent tous ! Mais maintenant vous n'aurez pas de commensal, je veux dire d'ami plus fidèle !

JÉRÔME, *appelant.*

Carlin ! Brindavoine !

SCÈNE XIII

LES MÊMES, CARLIN, BRINDAVOINE.

CARLIN

On y va.

JÉRÔME

Le dîner est-il prêt ?

CARLIN

Oui, Monsieur. Tiens ! qu'est devenu Monsieur Jérôme ?

JÉRÔME

Monsieur Jérôme n'est pas loin.

BRINDAVOINE

Mais c'est bien vous à qui j'ai eu l'honneur de frotter les côtes !

JÉRÔME

Oui, maraud ! (*Marchant sur lui.*) Aussi tu vas en subir le juste châtiment.

BRINDAVOINE, *se jetant à genoux.*

Ah ! Monsieur, pardon... c'était pour votre bien !

JÉRÔME

Pour mon bien !...

CARLIN

Eh ! oui ; il tenait à bien garder votre maison.

JÉRÔME

Allons, je te pardonne en faveur de l'intention... (*Brindavoine se relève joyeux.*) — Monsieur le bourgmestre, le dîner se refroidit.

LE BOURGMESTRE

Il faut bien l'en empêcher ! La justice est satisfaite : que nos estomacs le soient aussi !

(*Ils se dirigent gaiement vers la salle à manger. La toile tombe*).

FIN DU DEUXIÈME ET DERNIER ACTE.

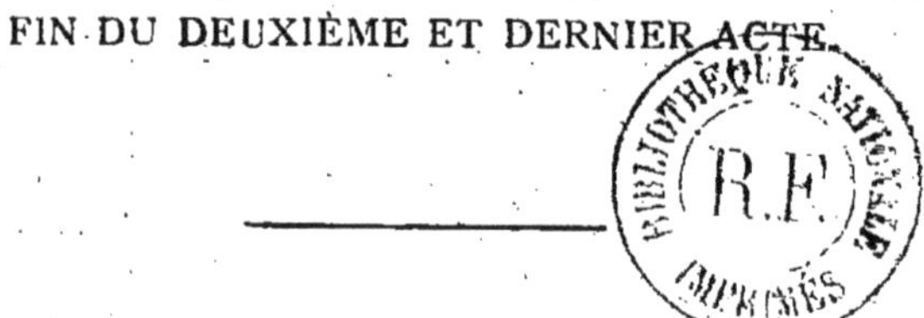

MÊME LIBRAIRIE

PIÈCES POUR JEUNES GENS

ANTONY MARS

Son Altesse, comédie-vaudeville en 2 actes ... 1 fr.
L'Hôtel du Lac, vaudeville en 2 actes ... 1 fr.
A la Salle de Police, saynète comique. *Quatrième édition* ... 80 c.
Barbotin et Picquoiseau, comédie-vaudeville en 2 actes. *Troisième édition* ... 1 fr.
Le Docteur Oscar, comédie-vaudeville en 1 acte. *Quatrième édition* ... 1 fr.
Monsieur Gavroche, comédie-vaudeville en 2 actes. *Quatrième édition* ... 1 fr.
Musique et accompagnement ... 1 fr.
Quand on conspire! opérette-bouffe en 1 acte. *Quatrième édition* ... 1 fr.
Musique et accompagnement ... 2 fr.
Le Secret des Pardhaillan, folie-vaudeville en 1 acte, avec **musique** des couplets. *Troisième édition* ... 1 fr.
La Succession Beaugaillard, comédie-vaudeville en 3 actes, avec **musique et accompagnement** d'Alcide Bejot. *Troisième édition* ... 1 fr.
Tête folle, comédie-vaudeville en 2 actes, avec **musique** des couplets. *Quatrième édition* ... 1 fr.

CH. LE ROY-VILLARS

Son Excellence! comédie-vaudeville en 3 actes ... 1 fr.
L'Archiduc Casimir, opérette-bouffe en 2 actes ... 1 fr.
Musique et accompagnement (grand format) ... 2 fr.
La Foire de Séville, opérette-bouffe en 2 actes ... 1 fr.
Musique et accompagnement (grand format) ... 2 fr.
Le Gondolier de la Mort, drame vénitien en 3 actes. *Troisième édition* ... 1 fr.
Musique et accompagnement de la *Saltarelle* et de la *Barcarolle* ... 2 fr.
Le Moulin du Chat-qui-Fume, opérette-bouffe en un acte. *Troisième édition* ... 1 fr.
Musique et accompagnement (grand format) ... 2 fr.
Les Piastres Rouges, drame espagnol en 3 actes, avec **chant et musique.** *Quatrième édition* ... 1 fr.

THÉODORE BOTREL

Chantepie, drame en 3 actes ... 1 fr.
Nos Bicyclistes, opérette-bouffe en 1 acte ... 1 fr.
Musique et accompagnement (grand format) ... 2 fr.
A qui le Neveu? comédie en 2 actes. *Troisième édition* ... 1 fr.
Le Poignard, drame en 1 acte, avec **chant et musique.** *Deuxième édition* ... 1 fr.

JACQUES D'ARS

Mazarin, drame en 3 actes ... 1 fr.
Cousin contre Cousin, comédie en 3 actes ... 1 fr.
Jeunesse de Charles V, drame historique en 4 actes ... 1 fr.
La Messe de Minuit, mystère en 3 actes ... 1 fr.

Sur demande, envoi franco, *du catalogue.*

Beaugency. — Imp. J. Laffray.

www.ingramcontent.com/pod-product-compliance
Ingram Content Group UK Ltd.
Pitfield, Milton Keynes, MK11 3LW, UK
UKHW031056260726
13965UKWH00006B/1416

9 782013 057363